봄눈

밤부터 내리던 비가
새벽이 되면서 눈으로 바뀌는
모습을 보고 있다
하나가 가고 하나가 오는 시간
너를 배웅하고
너를 마중하는 시간
가로등 아래 서성이고 있는
안개를 본다
토해 놓은 한숨을 본다
그 눈을 다 맞으며
어둠 속에 오래 서 있는 건
길고 힘들었던 시간들을
함께 기억하고 싶은 것이다

여전하시지요?

예서의시 032

여전하시지요?

강송숙 시집

차례

봄눈

1부

3월   11

소리를 모셔오다   12

어느새 봄   13

12월   14

봄꿈   15

손에 관하여   16

꽃구경   17

이효석 생가에서   18

인터미션   19

자리   20

4월이 되면   21

이미   22

기억이라는 것   23

웃음   24

서점에 가서   25

또 보자는 말   26

2부

오늘의 시   29

모란동백을 듣다가   30

너는 아직도 벚꽃   31

전지를 하며   32

지는 꽃에 방점을 찍은 봄밤   33

어떻게 들어왔을까   34

5월   35

초복   36

가을 편지   37

기록   38

가장 큰 부적   39

가을밤을 걷다   40

나의 신문 소진기(消盡記)   41

그대가 좋아하는 봄이 왔군요   42

가을   43

극적인 삶   44

건강하세요   46

김장   47

3부

나를 표절하다   51

나의 농사 이야기   52

왜 서운할까   53

너는 죽었다가 살아난 아이   54

너에게   55

감자꽃의 무용론에 관해   56

감정을 감정하다   57

감히   58

떠난 너에게   59

못할 짓   60

강가에서   61

그는 여행자처럼 걷는다   62

보다   63

복기하다   64

소일거리라구요?   65

나는 갑이 아닙니다   66

손길   67

4부

봄눈   71

비우고 채우는 일   72

좋아할 거 같아서   73

나의 프랑켄슈타인에게   74

시인에게   75

조금 늦더라도   76

당부   77

아침   78

떡잎을 알아본다는 말이   79

백로   80

오늘의 우울   81

봄을 맞는 일   82

위로의 방식   83

짐을 지는 일   84

말하자면   85

집에 가는 길   86

피를 뽑다가   87

生   88

하루키를 읽는 밤   89

1부

3월

한밤중
비 내리는 소리
나뭇가지에 물오르는 소리
마른 열매를 밀어내고
꽃이 피는 소리
살아남은 것이
살아가는 소리
부산한 소리에
뒤척이는 소리
누군가의 긴 한숨 소리

소리를 모셔오다

딱히 이름을 올린 절이 없으니 긴 연휴가 반가울 리 없지만
부처님 오신 날이니 가까운 절이라도 다녀올까 싶어 길을 나
섰다
앞선 차들로 길이 막힌 절 근처에서 한참을 기다리다
안내에 따라 갓길에 주차하고 입구에 들어서는데
차를 대접하는 젊은 신도들의 미소가 먼저 반긴다
점심공양을 위해 줄 선 사람들을 지나
보궁 앞에서 잠시
연등 아래서 잠시

집에 돌아와 낮에 찍은 사진들을 꺼내 보는데
활짝 열린 법당과 그 앞에 두 손을 모은 사람
그리고
오월 녹음을 가만히 흔들고 지나가는 바람소리

어느새 봄

새 달력 위에 한 해를 적는 아흔 살 아버지
오로지 당신의 기억에 의지한 기록이다
잠시 골똘한 시간이 지나면
누군가의 역사들이 달력 안에서 살아난다
더없이 신성한 시간이다*
아버지의 마른 등에
햇살 한 줌 조용히 머물다 간다

*정현종

12월

안개 속을 걷고 있어요
문자를 쓰고 마침표를 붙였다가 지운다

마침표는 내 생각의 끝
더는 없을 마음의 끝

어제를 잊지 못하는 이와
내일을 믿지 못하는 이가
오늘을 살아내는 방식이란 그저
안개 속을 걷는 일
걷고 또 걷는 일

너에게 보내는 마지막 문자

안개 속을 걷고 있어요.

봄꿈

너무 오래 살아 빚이 많다는 노모가 어느 날
전단지를 하나 들고 오셨다
시신을 기증하면 장례를 치러준단다
당신의 장례식까지 신세지기 싫다는 말씀이다
먼 강에 뿌려져 세상 구경하시겠다고

살아서 뜻대로 못하는 삶이 죽어서는 맘대로 될까
물고기의 밥이 되어도 좋고
까마귀의 먹이가 되어도 좋고 그도 아니면
몸의 피가 다 마를 때까지 바람과 놀*아도 좋고

손끝에 박힌 가시 하나에도 쩔쩔매는 내겐
상상도 못하는 꿈들

산 것과 죽은 것이 엉켜
바야흐로
봄이다

*황동규, 「풍장1」

손에 관하여

일본의 전통 인형 하카타를 만드는 나카무라 가문은
임종 전에 오른손을 잡으면 손을 통해 기술을 전수한다는 말
이 있다
할아버지가 아버지에게 아버지가 아들에게

원숭이를 잡을 땐 원숭이 손이 들어갈 정도의 구멍을 만들어
그 안에 원숭이가 좋아하는 것들을 넣어놓으면
손에 쥔 것을 놓지 못해 쉽게 잡을 수 있다고 한다

배앓이 때문에 잠 설치는 손녀 곁에서 배를 쓸어주던
할머니의 손은 더할 나위없는 약이었다

임종 직전 맞잡은 손도
먹을 것을 움켜쥔 손도
배를 쓸던 따뜻한 손도
모두 마음이다

꽃구경

효도도 정년이 있어야 한다며
퇴직을 선언한 첫째 빼고
아들 결혼식을 앞둔 막내 빼고
둘째와 셋째가 아버지를 모시기로 했다
해외여행에서 제주도로
제주도에서 경주로
다시 당일치기 꽃구경으로 일정이 바뀐 건
거동이 불편한 아버지를 위해서라고 했지만,

백숙 위에 떨어진 꽃잎을
젓가락으로 걷어내며 시작된
두 딸의 공치사는 끝날 줄 모르고
가만히 듣고 있던 아버지는
평상 모서리에 기대 오수에 드시는데
무릎담요 위로 복사꽃 쌓인다
머리 위에
어깨 위에
꽃잎 떨어져 앉는다

이효석 생가에서

우리는 각자 다른 생가에서 기다리다 마침내 한곳에서 만났
습니다만
그곳이 진짜 생가인지 약속한 장소가 맞는지 묻지 않았습니다

관광버스 한 대가 식당 주차장으로 들어옵니다
황탯국을 한 숟갈 뜨다 말고 주변을 둘러봅니다
단체 손님을 위한 넓은 테이블 한편을 내가 차지하고 있었습
니다
곧 쏟아져 들어올 무리를 감당 못해 서둘러 식당을 나옵니다

달카페에서 차를 마시기로 합니다
커피는 그런대로 괜찮았습니다
비가 내리기 시작합니다
달빛언덕을 오르던 사람들이 서둘러 비를 피합니다
나는 비에 젖어 일렁이는 그들을 바라봅니다

헤어질 때마다 그랬듯
다시 만나자는 약속은 없었습니다

인터미션

아침부터 시장이 분주합니다 명절을 앞둔 대목장날입니다
평소 한산하던 통로가 오늘은 만원 지하철 분위기입니다
그래봐야 대부분 나이가 지긋한 어르신들이 고객이긴 하지만
분주하고 소란스러운 날이 상인들은 반갑기만 합니다
길게 늘어선 좌판을 따라 장을 보는 사람들이 밀려가다가
발길이 모인 한 곳에 걸음을 멈춥니다
어린 누렁이가 몸을 웅크리고 잠을 잡니다
장돌뱅이 주인을 따라 새벽부터 움직였을 강아지가
제 몫의 사료도 채 비우지 못하고 잠에 빠졌습니다
그 모습을 한참 지켜보던 사람들이 지나가자
사람들이 다시 자리를 채웁니다
겨울 찬바람이 둘러선 사람들 등에서 부서집니다
고단한 누렁이는 그 안에서 꿀잠을 잡니다

자리

의도치 않게 한자리에 모인 풍경이
제자리인 듯 어울린다고 생각할 때가 있다
망초들 사이에 핀 달맞이꽃이나
어린고양이들 틈에서 젖동냥을 하는 강아지처럼

암요양병동개소
인공관절수술도입
척추관절내과진료
신경과진료실시
치과개원
로봇수술기보유

지정게시판을 꽉 채운 병의원 광고 현수막들 중
한자리를 차지하고 있는
헤어가발전문샵

이렇게 짠하고 확실한 맞춤 자리라니

4월이 되면

슬픔이 검은 옷을 입고 찾아와 밤마다 내 잠을 헤집을 것이다
흐린 눈으로 아침 창을 여는 내 손을 세게 뿌리칠 것이다
4월에는 깊은 잠도 봄 햇살도 쉽지 않을 거라고 경고할 것이다

흉터를 뜯어 피를 내 다시 상처를 만들고 상처는 또 다른 흉
터로 남아
우리는 기억하고 또 기억해야 한다고
그렇게,
종일,
사방에서 몰아붙일 것이다

미세먼지가 많아 대기질이 나쁘니 외출을 삼가라고 하는데
이 우울을 어찌할 셈인가
나는 그저
고양이들 발톱갈이가 된 낡은 소파에 앉아
철 지난 장갑 보풀을 뜯을 뿐인데

이미

겨울 내내
낙엽을 쓸다가 허리를 펴니
저 앞에
와 있는
봄

기억이라는 것

남원주 요금소를 들어오면 원주와 충주로 나뉘는 지점에 대학
교 표시판이 있다
충주 방면으로는 강릉원주대학교 연세대학교 미래캠퍼스 한
라대학교 등,
원주 방면에는 상지대학교 원주의과대학 등,
무심히 지나치던 표시판이 오늘 눈에 들어온 것이다

상지대학교 아래 칸이 비었다
상지영서대학이 있던 자리다
바탕색으로 지운 자리
공란이다

십여 년을 넘게 평생교육원 시창작반 강의를 듣던 곳이었다
봄이 되면 모여 안부를 확인하고
달리 갈 곳이 없어서라고 농담했지만
서로 진지한 시절이었다

이제는 한 줄로 사라진 기억이다

웃음

골프선수 박세리는 방송에서 한국여자프로골프대회를 미국에서 유치하기 위해 직접 골프장을 방문해 코스를 점검하고 선수들의 식사와 숙소 이동 거리 등을 꼼꼼하게 점검하는 모습을 보였다 해외투어에서 경험했던 노하우가 발휘되는 순간이다

많은 운동선수들이 은퇴 후 예능프로그램에서 활약을 하고 있는 걸 보면 그가 스튜디오에서 웃고 있는 모습이 그리 낯선 일이 아니다 어쩌면 고난과 역경을 헤치고 끝내 이긴 뒤에 웃는 극적인 웃음도 좋지만 지금 저 웃음이 더 위안이 되고 편해 보이는 건 단순한 팬심 때문은 아닐 것이다 그는 대회에 참가한 모든 선수에게 상금이 돌아가도록 하고 싶다고 덧붙였다 등외의 선수들에게도 최소한의 투어 경비를 제공하겠다는 배려인데,

정상 위에 또 다른 정상이 있다는 걸 그에게서 느끼는 순간이다

*2024년 3월 21일부터 24일까지 미국 캘리포니아 팔로스 베르데스 골프클럽에서 그의 이름을 건 LPGA투어 '퍼힐스 박세리 챔피언십'이 개최되었다.

서점에 가서

처음 자신의 책을 내 본 사람은 인터넷으로 책을 검색하거나
혼자 서점에 가서 책의 소재를 확인하거나 하는 일을
한번은 해 본 적이 있지 않을까 싶은데

시집 코너에 단 한 권이 꽂혀 있을 때
저 책을 내가 사야 할까 그냥 두고 돌아서야 할까

유수의 시집들 사이에 끼어 고립무원
외로운 자리를 두고 보아야 할까
저 자리가 없어진다고 해도 아무도 기억하지 못할
빈자리는 누가 감당해야 할까

잠시 어지러운 생각 끝에
내가 나를 수습해 오는
이 홀가분함이여

또 보자는 말

비가 오면 보자고
12월에 헤어지면서 너는 말했지
그날도 비가 내리고 있어서 곧 보겠지 했는데
다음날부터 눈이 내리고 바람이 불고
바싹 마른 땅에 눈보라가 지나고 칼바람이 불고
더러 비 내리는 날도 어긋나고

한겨울에 비가 내릴 확률은 열흘에 한두 번이라는데
그마저도 차고 마른 날이 많아 계절이 다 가도록 만나지 못해
만나고 헤어지는 일이 이렇게 서운하고 단순했었나
그때 그 인사가 끝인사였나
또 보자는 말이 새삼스러워 아직도
자꾸 하늘을 올려다보곤 하는데

2부

오늘의 시

오늘 날씨는 맑고 최고기온은 10도예요

배추밭을 지나 또 배추밭을 지나
끝도 없을 배추밭을 지나고
황금색 칠을 한 다리를 건넌다

목적지 근처 안내를 종료합니다

절 마당을 나와 주차장으로 내려온 누렁이가
느릿느릿 사람들 사이를 지나간다
나이가 많아 몸이 불편해요
찻집 주인이 묻지 않은 말을 한다
마른 낙엽 위를 걷는 누렁이를 따라
남은 계절이 가고 있다
시린 얼굴을 하고 그 모습을 오래 바라본다
등 뒤로 찬바람 한 줌

모란동백을 듣다가

가수 조영남의 콘서트 실황을 몇 번째 듣고 있습니다 실은 한 곡을 반복 재생해 듣고 있다는 게 맞을 겁니다 바로 모란동백입니다 그는 이 노래를 부르다가 뒷부분에서 목이 메어 몇 번을 다시 불렀는데 아마도 나는 그 구간을 자꾸 듣고 싶었는지 모르겠습니다

그는 '떠돌다 떠돌다'에서 울컥한 듯 했는데 다시 들으니 '외로히 외로히 잠든다 해도'가 아니었나 싶었고 또다시 들으니 '어느 모랫벌에'인 듯도 싶었는데

아직도 나는 저 잘난 맛에 사는 가수가 노래를 부르다 복받쳐서 다시, 다시,
결국 힘들게 노래를 마치는 그 모습에 내가 자꾸 울컥하는 것입니다

너는 아직도 벚꽃

오랫동안 소식 없어도 잘 지내고 있겠지
너의 프사는 꽃
흐린 하늘에 떠 있는 벚꽃
계절이 돌고 돌아 다시 봄
아직도 너의 프사는 벚꽃

어제 본 듯 찾아왔다가
곧 다시 올 것처럼 말했지
또 보자

늦은 밤 가로등 아래 쌓이는 꽃들을 보며
저렇게 잠깐 피고 지는 생도 나쁘지 않겠다고
혹시 아쉽지 않게 한번쯤은 난분분
다음에는 흔적도 없이

그러나 우리는 헤어질 때마다 말하지
또 보자

전지를 하며

오일장에서 한 그루 삼천 원 주고 산 장미 묘목이 가지를 뻗어
삼 년쯤 지나니 제법 그럴 듯한 울타리가 되었다
오늘은 장미 가지를 정리하는 날
하늘로 뻗은 가지와
꽃이 무거운 잔가지와
잎이 부실한 곁가지들을 자르면서
장미 가시에 찔려 죽었다는 릴케를 생각한다
시인의 죽음으로는 꽤 낭만적인 사인 아닐까
―사후에 밝혀졌다는 백혈병보다는―
내 사인은 무엇이 될까
많은 이들이 바라는 자연사가 제일 낫겠지만
적어도 고뇌하는 시인이라면 그럴 듯한 사인 하나는
있어야 하지 않을까
발 아래 수북한 가지들을 보면서 내 사인은
적어도 과로사는 아니었으면 좋겠다고
잠시 생각하는 망종 한낮

지는 꽃에 방점을 찍은 봄밤

어제 핀 꽃이 벌써 떨어지다니 어떻게 그럴 수 있냐고
약속 장소에 들어선 이가 첫인사를 그렇게 건넨 탓이다
저녁 내내 우리는 떨어진 꽃에 대해 설왕설래했지만 결국
일찍 가버린 이들과 잊고 있었던 이들까지 소환해
같은 기억으로 공감하고 다른 기억을 공유하며 시간을 보냈다

밤길을 걷는다
꽃잎이 떨어진다
낙화를 피해 취한 듯 걷는다
유명 작곡가의 부고가 바다를 건너온다
내일부터 사흘 내내 비가 내리겠다는 기사를 읽는다
밤 벚꽃이 쏟아지고 있다

어떻게 들어왔을까

앞 팀이 자리를 비우고 티샷을 준비하는 우리 앞에

개 한 마리가 나타났다

그린 위를 어슬렁거리다 마른 잔디를 찾아 몸을 비비기도 하고

경기를 관전하듯 멀찍이 떨어져서 바라보기도 하고

공에 맞을까 걱정인 사람들과 달리 녀석은 태평이다

움직이는 장애물 때문에 공을 못 치는 핑계 하나가 늘어난 셈

이다

해가 지고 사람들이 돌아가고 나면

저도 빈 그늘집을 찾아 하루를 쉬겠지 그날 저녁

밤 사이 산간 지역에 첫눈이 내리겠다는 안전문자가 들어왔다

5월

노모는 꿈자리가 복잡하면 전화를 하신다
조심하라는 말씀이지만 그 말씀으로 이미
심란한 하루가 시작되는 것이다
원주발 먹구름이 통째로 몰려오겠군

마당에서 놀던 어린 고양이 한 마리가 아침부터
심상치 않다 저런 모양새면 병원에 데려가도
별 방법이 없다 늘어진 고양이를 담요에 말아놓고
나는 일을 보러 간다
두 달도 살지 못한 고양이가 혼자 죽어가는 동안
사람을 만나고 점심을 먹고 차를 마신다

반나절 만에 돌아와 나는 상황을 수습하고
남은 고양이와 어미는 죽은 참새를 가지고 논다
저 빠른 망각이 부럽다

그날 밤 멀리 갔다가 돌아오지 못하는 꿈을 꾸었는데
혹시 돌아오고 싶지 않았을까
크게 서운하지 않았다

초복

장대비 내리는 한낮
서로 이웃해 살고 있는 세 사람이 삼계탕집에 모였다
음식을 기다리는 동안 농막을 짓고 5도2촌을 살고 있는
김여사가 최근에 이팝나무를 한 그루 심었다고 하자
오래전 귀촌한 박여사는 지난해 두 그루를 심었는데
이번 여름엔 꽃을 볼 수 있을 거라고 했다
이팝꽃 이야기가 무르익는 가운데
내게 이팝꽃이라면 절창이 하나 있지 싶어
참을 수 없을 만큼 하얀 밥풀을 가득* 단
마음 짠한 시를 한 편 들려주려는데

뚝배기에서 펄펄 끓고 있는,
삼계탕이 나왔습니다

*황동규

가을 편지

곱게 물들었던 감나무 잎이 오늘 낙엽이 되어 떨어집니다

　정신분석학자가 쓴 소설을 읽고 있습니다 신중한 서문을 시작
으로 글쓰기의 새로운 인생을 발견한 학자의 첫 소설이 궁금해
졌습니다 주인공들의 삶이 혼돈과 방황의 연속이라면 결국 그
실마리를 풀어내는 과정에 작가의 역량이 드러나는 거겠지요 그
들의 복잡한 행보를 작가는 친절하고 확실하게 안내합니다 그리
고 그 서사의 마무리가 슬슬 궁금해집니다만

　밤이 더 어두워지기 전에
　마당에 쌓인 낙엽을 치우러 가야겠습니다
　이것이 내가 가을을 마무리하는 일입니다
　가로등 불빛이 머리 위로 쏟아지는 가을밤입니다

기록

　지난겨울 조경 일을 하는 지인이 집 앞에 덜 자란 양파 모양을 한 튤립 뿌리를 봉투 가득 놓고 갔다 손이 많이 갈까 걱정하는 내게 그냥 흙에 묻어두기만 하면 된다고 했다 겨우내 길고양이들이 텃밭을 화장실로 쓰며 흙을 뒤집는 바람에 번번이 구근이 올라와 다시 덮어 심길 몇 차례 그러다 잊고 있었는데 봄이 오면서 고양이들의 배설물 틈으로 뾰족한 싹이 올라왔다 오랜 가뭄으로 먼지가 잔뜩 묻은 새순이었다 겨울을 지나는 동안 반은 죽고 반은 살아남았다 기특한 마음에 한참을 바라보다 들어와 다이어리에 몇 자 적는다

　살아남은 것들의 봄, 다시 오다

가장 큰 부적

사재리에 노인보호구역이 생겼다
대부분의 주민들이 고령인 사재리는
인도가 따로 없는 좁은 이차선에 고속도로와 인접해 있어
주말이면 정체를 피해 국도를 이용하는 운전자들이
속도를 줄이지 못해 크고 작은 교통사고가 빈번한 곳이었다
지팡이나 노인 보행기에 의지해
길을 건너는 어르신들에게도 다행인 일이라고 했다
주말 아침 일찍 일을 마치고 사람들이 지나간 뒤
노인 보행기를 밀고 나온 어르신
하얀 글씨가 선명한 도로를 보고 있다
세상에서 가장 큰 부적을 오래 바라보고 있다

가을밤을 걷다

젖은 바닥을 지나간 고양이의 발자국을 바라보다가
웅덩이를 피하고 나니 큰 강이 앞을 막고 있더라는
너의 말이 생각나 종일 심란했던 하루 끝에
아내사장님이 만든 안주를 손님상에 올려주고
가게 문 앞 낡은 의자에 앉아 화장실 가는 길을
눈으로 밝혀주던 남편사장님의 부고를 듣는다
문득
온몸으로 한기를 느끼는 밤
뒤에서 빠른 걸음으로 달려오던 남자가 내 옆을 스쳐
어둠 속으로 사라진다

밤이 깊었으니 돌아가자
가을밤은 더없이 길고 쓸쓸하니

나의 신문 소진기(消盡記)

근황이 달리 있겠나
아흔 나이를 겪으니 하루하루 무엇이 크게 다를까 싶네
달라진다고 놀랄 나이도 아니지만,
날이 좋아지면서 거실을 차지했던 화초들을 베란다로 옮기고
그 자리에 앉아 조간신문을 오래 정독하면서 하루를 시작하지
다 읽은 신문은 호치키스로 고정시킨 뒤
글씨 연습도 하고
다 쓴 신문을 반으로 접어 오려두면 집사람이 키우는
문조 한 쌍 배변판이 되네
시골 사는 둘째가 길냥이들 바닥에 깐다고 가끔 챙겨가기에
묶어 내놓았는데 핀을 뽑다가 손톱을 찔렸다는 컴플레인에
다시 들고 들어와 일일이 핀을 뽑다가 생각하니
신문이 나름대로 알뜰하게 쓰이는구나 싶은데
나는 앞으로 어떻게 소진될까 궁금해지더라고
이미 다 쓰여 소용없어지긴 했겠지만

그대가 좋아하는 봄이 왔군요

강풍에 날아간 매트를 골목 끝에서 찾아
둘둘 말아 들고 올라오면서
지난밤 받은 문자를 다시 꺼내 본다
나는 진짜 봄을 좋아했을까
봄은 어떤 모습이었을까

─두근거리거나 은밀하거나 가벼워지거나 싱싱해지거나
혹은 그립거나─

하지만 나의 봄은
갑작스러운 폭설이거나
찢어진 가슴이거나
저린 손가락이거나

내가 봄을 좋아했다고?

가을

태줄을 자르고 어미 품에 넣어둔 아기고양이는 이틀을 넘기지
못했다
품고 젖을 먹였으면 살아났을까 싶었지만
어미 또한 명을 다 한터라 온기만 덜어줄 뿐이었다
그도 하루를 버티지 못했다
일주일 사이에 어미와 새끼 두 마리가 가고

찬 서리 내리고
어느 높은 곳에서는 첫눈이 오고
관풍헌 은행나무는 활활 타오르고

그 와중에 살아남은 한 녀석은 이제 한 달이 지나
그릇에 담아둔 사료를 찾아 먹기 시작했다

극적인 삶

외할머니의 간병을 위해 자리를 비운 어머니 대신
반강제로 김밥집을 맡게 된 주인공
김밥을 말다 말고 나와 담배를 피우다 사람들 눈총을 맞거나
하루 매상 중 일부를 주머니에 슬쩍 하는 일까지는
—발단이라고 하자

아침마다 김밥을 시켜 먹는 취준생이 어느 날
시험에 늦었다며 스쿠터를 빌려달라고 할 때
등산동호회 회장이 단체 주문한 마흔 개의 김밥을
등산로까지 배달해 달라고 할 때
—이것을 전개라고 하자

우리의 어린 주인공은 시험장까지 스쿠터를 태워 배웅하고
김밥을 배달한 김에 정상까지 오르는 여유를 부리는데

위기도 절정도 없이 순한 결말이라
반전을 기대한 할 일 없는 늙은이의 고약한 심사를
제대로 먹인 영화* 한 편을 보았다

세상엔 극적인 삶만 있는 것은 아니다

평범한 삶이 극적일 수도 있는 것이다

*영화 〈말아〉

건강하세요

성당에서 허드렛일을 하는 몸집이 작고 마른 할아버지는
지나는 사람들만 보면 하던 일을 멈추고 인사를 합니다
건강하세요
안녕하세요도 아니고 낯선 인사에 주춤하기도 하지만
이내 같이 인사를 나눕니다
건강하세요

꿈속에서나 만날 수 있을 거라는 말은 내게 절망뿐이라
나는 꿈길조차 걷지 않으려 합니다
길은 어지럽고 심란해 우리가 만날 확률은 희박할 것이니까요

자귀나무에 꽃이 가득 피었습니다
혹시 꽃들을 등불 삼아 당신을 볼 수도 있겠습니다만
어둠 속에서 그림자로 지나친다고 해도
나는 어제처럼 그리고 내일처럼 인사합니다
건강하세요

김장

절임 배추 이십 킬로그램 한 박스에는 배추가 일곱 내지 여덟
포기가 들어가는데 한 포기를 반으로 자르면 열넷이나 열여섯
쪽이 되고 속을 넣기 전에 한 번씩 더 자르게 되면 서른 쪽 정도
그렇게 주문해 놓은 절임 배추 박스가 여섯 개 라고,
어머닌 말씀하셨다 덧붙여
다해 놓았으니 그냥 와서 가져만 가면 된다, 고

늙은 어머니에게 김장은 권력이다
사적으로 마구 부릴 수 있는 절대 권력이자 횡포다
그 많은 배추가 인질로 잡혀 있는 동안
우리는 협상의 여지가 없다
해가 뜨기 전부터 시작된 전화 독촉에 수험생을 둔 딸도
허리디스크로 잠 설친 아들도 속수무책이다
꼬박 하루 노역의 대가로 잘 버무린 인질들을 공평히 내어주
는 일
또한 어머니의 특권이다

바라건대
무소불위의 권력을 다음 해에도 또 다음 해에도
오래오래 누리시길

3부

나를 표절하다

환기를 위해 거실 창을 여는데
창틈에 몰려 있던 진눈깨비가 우르르 쏟아져 들어온다
그 기세에 움찔 몸을 떤다

눈이 웁니다

깊숙이 넣어두었던 고전을 꺼내듯
이젠 내게도 낯선 첫 시집을 꺼내 책머리에 소복한 먼지를 털
어낸다

눈이 내립니다

꽃과 잎이 사라지고 잔가지들이 떨어져 나가자
마른 바닥이 드러난다 그 위로 눈이 떨어지다 곧 사라진다

웁니다와 내립니다 사이에서 고민했던 시간을 생각한다
기어이 오탈자를 찾아내 눈앞에 내밀던 그때를 생각한다
결론 없는 고민으로 밤새던 그때를 생각한다
그때와 별반 달라지지 않은 내가 십여 년 전의 나를 소환한다

나의 농사 이야기

가을볕을 등에 받으며 고춧대를 뽑습니다
봄에 심었던 고추 모종은 나무처럼 길고 단단하게 자라
가지를 뚝뚝 부러뜨려가며 거둡니다
볕이 좋으니 한참은 더 두어도 된다는 농사고수의 조언도 있고
시절 모르고 자꾸 피는 꽃과 여물어가는 열매가 아깝긴 했지만
여름 내내 소소하고 알찬 곁반찬이 되어 주었으니 이만하면
됐다 싶고
그 매운 고추 속에 자리 잡은 벌레에 기겁하는 일도
서둘러 거두는 핑계가 되겠지요 첫 농사가 이렇게 정리가 되니
공연히 다음을 기대하게 됩니다만 사는 일엔 늘 복병이 있는 것

오천 마일이나 떨어진 곳에 사는 아이는 이른 새벽부터
본인 저녁 메뉴를 묻느라 문자 폭탄을 날리는 중입니다
자주독립을 외치며 나갔지만 아직 정서적 독립은 소원한 모양
입니다

이래저래 나의 농사는 매번 낯설고 새로운 경험이 될 것입니다

왜 서운할까

산책 때마다 보았던 거다
꽃이 피고 지고 열매가 익어 가는 동안
더러는 깨진 블록이나 화분 틈이나
아래로아래로 구르다 어느 턱에 걸려
소복하게 떨어져 있는 성질 급한 것들도 있지만
오늘은 이만큼 오늘은 또 이만큼 나뭇가지 가득
노랗게 익어가는 살구를 쳐다보는 일이
아침 산책의 일부였던 것이다 눈에만 담는다고
핸드폰 사진 한 장 찍지 않던 것이다

처음부터 열매 따위는 없었던 것처럼
나무는 푸른 잎만 무성하고 바닥에는
깨진 살구 조각 하나도 보이지 않는 것이다

너는 죽었다가 살아난 아이

가망 없다는 의사 소견에 백일도 안 된 아기를
동짓달 차가운 방바닥에 밀어두었는데
다음날 눈을 동그랗게 뜨고 쳐다보더라는

그렇고 그런 일화 하나씩은 누구나 가지고 사는
우리는 죽었다가 살아난 사람들
삶이 고달프거나 뜻밖의 난관에 당황할 때
부모님의 흘러간 노래 같은 옛날의 나를 소환해
다시 살아나고 또 살아가고

손 쓸 사이 없이 가버리는 마지막 달력이 아쉽다면
극적인 에피소드 하나 만들어
심기일전 살아보는 것도 나쁘지 않을 거라
못내 아쉬운 이 겨울밤에

너에게

바람 소리에 잠 설치던 밤이 가고
아침이 오는데 안개는 걷힐 기미가 없다
자리를 털고 밖으로 나온다
안개에 잠긴 가로등 불빛이 밤새 심란했던
너의 사연처럼 어지럽게 흩어져 있다

미워하는 힘으로 살아 그게 내가 살아가는 힘이지
발끝에 걸린 돌부리에게 내 실패를 핑계 삼는 일
사랑보다 더 사람을 살아가게 하는 힘

너는 호기롭게 말했지만 누구도 미워하지 못해
혼자 어둡고 습한 곳에서 불면을 앓고 있었지
그렇지만 켜고 끄는 곳이 하나인 것처럼
들어갔으니 곧 나오는 길을 찾을 거라고
안개가 지나고 서서히 밝아오는 아침을 너에게 보낸다

감자꽃의 무용론에 관해

석양을 보겠다고 야외 테이블에 자리를 잡으니
주인이 나와 바싹 달궈진 의자에 걸레질을 하고 들어간다
음식을 주문하고 기다리는 동안 우리는 주변을 환히 밝힌
감자꽃을 이야기하다가
꽃과 열매를 같이 취하는 대부분의 식물과 달리
알이 굵어지려면 감자꽃을 미리 따야 한다는 말에
갑자기 꽃의 기능에 대해 진지해지기 시작했는데

감자꽃은 아무래도 좋았다
기름이 떨어져 불꽃이 튀던 숯불은 금방 잔잔해지고
한쪽으로 밀어 놓은 고기는 혼자 타도 좋았다

등 뒤로 지는 해는
돌아보지 않아도 좋았다

감정을 감정하다

그룹 에픽하이의 리더이자 곡을 만드는 타블로는 문학적인 가사를 쓰는 걸로 유명하다 어떻게 그런 가사를 쓸 수 있었느냐는 질문에 타블로는 당시의 나만이 쓸 수 있는 가사였다고 대답을 했다 지금은 못 쓴다고 고개를 저었다
고단한 시간을 지난 그는 지금도 새롭고 건재하다
다름을 인정하는 모습에 오랜 팬인 내가 안심하는 순간
그리고 아직도 예전의 감정으로 지금을 사는 나에 대한 반성
나 때는 보다 속수무책인 건 그땐 그랬지라는 감정
그리고 변함을 인정하지 못하는 고집

오늘은 어제보다 조금 늙었어요
누가 내 귀에 대고 속삭인다

유효기간이 지난 내 감정들을 꺼내 펼쳐놓다가 갑자기 궁금해졌다
나의 예전은 얼마에 책정이 될까 감정가가 나올까
한밤중 잠에 깨어 문득

감히

이런 말을 듣게 될 줄은 몰랐습니다만,
호의가 불편하셨을 수는 있는데 아무리 그래도

유독 쓰레기가 많이 나오는 집이고
해가 뜨기도 전에 수거차 불빛으로 다녀가는 험지라
언젠가 마주치면 인사라도 해야지 싶어
오래전부터 주머니에 접어 두었던 만원 지폐 두 장
따뜻한 차라도 사드시라 내놓자
마스크를 뚫고 나오는 날 선 소리
감히 어디다 돈을

몇 번 사과를 했지만 결국
하루 운세까지 점지해 주고 가시던 환경공무원님
거절에도 예의가 필요하다는 걸 몸 던져 보여 주신
저런, 고마운

떠난 너에게

영화를 보고 나와 정한 곳 없이 차를 운전하다
샛길로 들어선다 샛길이라니
그저 작은 이정표가 시선을 끌었을 뿐이다
백 미터 지나니 다시 오십 미터 그리고 다시 삼십 미터
결국 마지막 이정표는 보지 못하고 돌아온다
더는 궁금하지도 설레지도 않는 길
언젠가부터 네게 가는 길이 이랬을까

망초꽃 환한 들판을 본다
저대로 번져 자란 망초가 메밀꽃만큼 가득하다
들꽃을 모아들고 혼자 결혼 행진곡을 부르는 신부를
생각한다 거친 숲길로 들어가는 뒷모습을 본다
저 가벼운 걸음에 나는 공연히 마음을 다친다

못할 짓

노인이 보행차를 끌고 횡단보도를 건넌다
녹색 신호등은 이미 빨간불로 바뀐 지 오래다
시간이 슬로우로 흐른다
출근 시간이 급한 차들이 경적을 울리고
나는 노인의 굽은 등을 한참 바라본다

자동문인 상점이 대세긴 하지만 아직도
당기시오 미시오를 정독해야 하는 가게도 많아
사력을 다해도 열리지 않는 문을 포기하고 돌아서는데
안에서 젊은 직원이 빤히 보고 있더라는
노모의 자조 섞인 푸념에 한겨울 외출을
말려야 했을까 출입문 탓을 해야 했을까

죽을힘을 다해 사는 일
못할 짓이다

강가에서

무인카페 이용객을 위해 주인이 강변 경사진 밭에 기둥을 세워
데크를 만들었다 강 쪽으로 더 가까워진 셈이다
강물 위로 떨어진 빗방울이 물거품으로 모였다가 흘러간다

지인 결혼식장에서 만난 세 사람이
그냥 헤어지기 아쉬워 차 한 잔 하자고 옮긴 자리
같은 꿈으로 모였다가 헤어져 지낸 지 이십여 년 만이다
더는 친분을 내세울 수 없는 오래된 세월이지만
지나간 시간에 대해 할 말이 많을 거 같았던 우리는
정작 커피를 앞에 두고 나란히 앉아
모였다 흩어지는 강물만 오래 바라볼 뿐이다

그는 여행자처럼 걷는다

스마트폰으로 시간을 확인하고
날씨를 검색하고 그는 밖으로 나온다
강물은 흐르고 지난밤 자리는 어지럽다
발끝으로 어둠을 지워가며 걷는다

교회 담장 안쪽에 천사 모양을 한 정원 등을 지나간다
정원 등 앞에 무릎을 세우고 앉은 여인을 지나간다
골똘하고 진지한 모습을 지나간다
봉지에 싸인 포도가 부스럭대며 익어가는 소리를 지나간다
달큰한 향기를 맡으며 지나간다

평균 시속 칠 킬로미터 빠른 걸음을 걷던 그가
산책 나온 노인들 뒤를 따라 걷는다
안부를 확인하는 느린 목소리를 듣는다
그는 오늘 여행자처럼 걷는다

보다

달빛이 좋은 어느 날이었을 것이다
술자리가 깊어진 시간이었을 것이다
오랜 지인들이 의기투합했을 것이다
땅을 사서 집을 짓고 차오르는 달을 보며
별을 헤며 함께 살자고 했을 것이다 그렇게
이웃처럼 사촌처럼 더러는 가족처럼 살았을 것이다

한 세대가 지나고 인연도 다해 오래 빈 집
집채는 허물어지고 바닥만 남아
있던 자리를 짐작하게 하는데 안방일까
거실쯤일까 누군가 콘크리트를 거둬낸 맨땅에
고랑을 만들어 가지런하게 심은 감자밭에
꽃이 하얗게 피었다

복기하다

바둑판이 가득 차 더 이상 둘 수 있는 수가 없어진
노모는 기억을 복기한다
기억이라는 건 쌓아둘수록 속에서 엉켜버려
일정한 시기에 솎아줘야 한다고
바둑판에서 돌을 하나씩 내려놓듯
가난했던 시절을,
행복했던 한때를,
아쉬웠던 순간을 복기하며 산다
당신을 복기한다

소일거리라구요?

쓰레기를 한 장소에 내놓아 수거하는 아파트와 달리
주택가에는 재활용박스나 폐지를 집 앞에 내놓는데
수거차가 오기 전에 가져가려는 노인들의 눈치싸움이 치열하다
찜해놓은 폐지가 없어지기라도 하면
골목이 쩌렁쩌렁 울리도록 언성이 높아진다
그 모습을 보면 저 일이 단순한 소일거리는 아니지 싶은데

텃밭에 물을 주러 나왔다가 박스를 수거하는 노인과
눈이 마주쳤다 땡볕 아래 빈 스테인리스 주전자를 들고 서서
그저 심심해 일을 한다는 노인의 일대기를 듣는다
아직도 끝나지 않은 연재소설을 읽는다

하늘을 가르며 내려오는 페러글라이더에서
외마디 비명소리가 부서져 떨어진다

역시 폐지수거가 소일거리는 아니었다 생계에 관한 일이었다

나는 갑이 아닙니다

밖에서 낳은 새끼를 집 마당 한쪽에 옮겨놓은 뒤로 어미고양이는
내 일거수일투족을 감시하기 시작했습니다 현관문만 열면 곁에 붙어
졸졸 따라다니거나 나도 모르게 새끼들 가까이 간다 싶으면
바로 하악질을 해댑니다
나는
눈치를 보면서 사료를 놓아주고 급하게 들어옵니다

바쁠 땐 며칠씩 연락 두절이 되는 아이에게
생사확인이라도 하며 지내자는 약속을 받았지만
번번이 약속을 어기는 건 아이 쪽
심한 소리를 할까
험한 문자를 할까
핸드폰을 열었다 닫았다 혼자 속을 끓이다가
7시간이나 멀리 날아온 이모티콘 하나에
놓친 잠과 망친 하루가 그냥 흘러갑니다

나는 절대 갑이 아닙니다

손길

오랫동안 테니스장으로 사용하던 곳을 정리해 주차장을 만들고 남은 자투리땅에 같이 기숙하는 회사직원들이 몇 가지 채소를 심는 모양이다 이른 아침 혹은 늦은 저녁 텃밭을 가꾸며 두런거리는 소리가 내 집 담 위로 올라오곤 했다 오래지 않아 수확한 푸성귀로 저들의 식탁이 풍성하겠구나 담 너머에 사는 나는 공연히 마음이 즐거웠다

긴 연휴가 시작되고 볕 좋은 한낮
우연히 들여다본 텃밭은 생각보다 크고 다양했다
수고한 손길들이 대견해 천천히 둘러보는데 빈 밤송이들이 바닥에 가득하다
길고양이들 접근을 막기 위해 기둥을 세우고 끈을 돌려막은 울타리로는 부족했는지 채소들 사이사이에 밤송이를 뿌려놓은 것이다
겨울 동안 컨테이너 아래로 고양이들 사료와 간식을 넣어주던 손길이었다

4부

봄눈

밤부터 내리던 비가
새벽이 되면서 눈으로 바뀌는
모습을 보고 있다
하나가 가고 하나가 오는 시간
너를 배웅하고
너를 마중하는 시간
가로등 아래 서성이고 있는
안개를 본다
토해놓은 한숨을 본다
그 눈을 다 맞으며
어둠 속에 오래 서 있는 건
길고 힘들었던 시간들을
함께 기억하고 싶은 것이다

비우고 채우는 일

오랜만에 만난 여사님과 차를 마시는 자리
집안을 정리하면서 당신 신발 한 켤레만 남기고
나눔을 했다는 말씀에 적지 않은 자극을 받았던 나는
한동안 옷장과 냉장고를 정리하면서
버리고 또 버렸는데

최근 세탁실 한쪽에 수납장을 만들었다
세제나 화장지 등을 올려놓기 위한 것이었는데
물건들이 다시 채워지고 있다
라면과 생수와 음료 등
대용량으로 할인받아 산 것과 유통기한이 긴 것들

철학자 강신주는 냉장고의 무용론을 주장했지만
냉장고라는 괴물은 점점 더 커질 것이고
아직도 나는 버리고 채우는 일을 반복하고 있는 것이다

좋아할 거 같아서

찍어 왔다고 했다
그녀가 스마트폰을 활짝 펼쳐 보인다
안개 가득한 화면 속에 구름을 두른 산이 있다
동틀 무렵의 산 정상이다
말없이 사진을 들여다보다가
문득 고개를 드니 그녀가 나를 보며 웃고 있다

나는 스마트폰을 닫고 그녀의 눈을 본다

새벽잠 설치고 나와 찬 서리를 온몸에 맞으며
운무 가득한 길을 숨 가쁘게 올랐을 그녀가
눈주름 가득 웃고 있다

짐승울음 같은 바람 소리와
앞을 막는 안개와
어둠 속에서 허공을 딛는 불안한 발걸음이
온전히 그녀의 눈동자 안에 있다
그 눈이 웃으며 말한다

좋아할 줄 알았어요

나의 프랑켄슈타인에게

빗소리에 잠이 깼나 싶었는데
처음부터 잠들지 못했던 모양입니다
이 불면이 낮에 있었던 일 때문인가 싶기도 합니다
체육관에서 운동 교정을 받는 중에 무심코
거울에 비친 내 모습을 보게 된 것입니다
저 헝클어진 이는 누구일까
낯선 나를 발견하는 순간이었습니다 마치
자신이 만든 생명체에게 절망하는 프랑켄슈타인처럼

주인에게 버림받고 점점 괴물이 되어 가는 모습은
오랫동안 공들이며 살아온 나를 부정하는
거울 밖의 나와 같았습니다

거울 속의 나와 거울 밖의 나는
한참 그렇게 바라보고 있었습니다

빗소리가 깊어집니다
남은 잠을 청해야겠습니다

시인에게

모르는 당신의 첫 시집을 받았습니다
일면식도 없는 사람에게 시집을 보내는 것이 난감했겠지만
사는 일이 품앗이다 보니 주최 측의 요구를 무시할 수 없었겠
지요
당신은 밤새 서명을 하고 제공받은 주소들로 봉투를 채워
우체국을 찾았을 겁니다

시집을 펴고 당신을 읽습니다
나는 당신의 어제에 놀라고 오늘에 공감하다가
때론 난감해하면서 오랜 시간을 보냅니다
당신을 알기 위한 여정일 겁니다
그곳은 몹시 낯설고 복잡한 길이겠지만
불쾌한 골짜기를 무사히 지나고 나면
당신과 닮은 나를 발견하게 됩니다
우체국 계단을 내려오는 나를 봅니다
당신을 봅니다
우리는 나란히 바람 부는 거리로 나갑니다

조금 늦더라도

꽃이 피고 지는 동안
잎이 떨어지고
첫눈을 맞는 동안
다시 그런 일들이 반복되는 동안
나는 너와 같은 계절을 보냈지

우리는 각자 다른 곳에 매듭을 짓고 살아
무심한 서로를 서운해하지만 산다는 것이
별 의미 없이도 살 수 있다는 걸 몰랐던 것이지
이제 잠시 동굴 속으로 들어간 너의 안녕을 기원하며
서운하지 않은 어느 계절에 다시 만나길
조금 늦더라도

당부

염색을 마치고 나오는 내게 명절 전에 한 번 더 오시라 인사한 미용실 원장은 그때쯤이면 흰머리가 자라 있을 거라는 예상이었는데 그 말을 잊고 명절이 지나고 또 보름이 더 지난 어느 날 머리를 감다가 느낀 것이다

나이가 드니 머리카락도 더디게 자라는구나
머리카락뿐일까 몸에 기생하는 모든 것들이 느려지기 시작한 걸
몸은 느리고 마음은 급해서 매번 그 충돌을
제어하지 못하는 날이 많아졌다

그러니 그대들이여

흐린 봄날
소낙비처럼 쏟아내는 투정을 만나거나
저 당당한 무단횡단을 보게 될 땐
몸과 마음이 아플 때라고
무지무지한 무지의 슬픔*이라고 생각하길
부디 못 본 척해주길

*정현종

아침

미처 떨어지지 못한 자목련 한 송이가
시든 채 나뭇가지에 걸려 있다
그 아래 낡은 플라스틱 의자
밤새 내린 봄비에 촉촉하게 젖었다

쌍둥이 손자를 등원시키느라
분주했던 할아버지는 의자에 앉아
종이컵에 담긴 커피를 드시고
할머니가 블록 틈으로 올라온
잡초를 뽑아내는 동안
바람도 없이
하르르 떨어지는 벚꽃

떡잎을 알아본다는 말이

아침 산책 나오신 앞집 어르신의 지팡이 소리가
내 집 앞에서 멈췄다가 멀어진다
소리가 완전히 사라진 뒤에 나는 집을 나선다
지난봄 어르신이 양귀비 씨앗을 내 집 화단에 심었는데
싹이 올라오자 잡초로 생각한 내가 모두 뽑아버리는 일이 있
었다
이웃으로 살지만 서로 마주치는 일은 한 달에 한두 번
데면데면하던 사이가 그 일로 더 불편해진 셈이다

부추와 풀을 구별하지 못한다는 어리석은 이야기가
결국 내 일이 되어 버린 셈이다
옆집 어르신은 내내 서운하겠지만

시골살이 삼십 년에도 참외꽃과 오이꽃을 헷갈리는데
떡잎만 봐도 안다는 말을 누가 자신 있게 할 수 있을까
당신이 말없이 베푼 선심이 무시당했다고 생각지 마시길
그저 무지한 탓이니 이해해 주시길

백로

벌써 낙엽이라니
이미 가을인 걸

벌써 인 사람과
이미 인 사람이
해가 지기 시작하는 길을 걷는다

기울어진 전봇대에 글쓰기 수강생 모집 전단지가 아슬아슬하
게 붙어 있다
벌써 인 사람이 다가가 테이프를 손끝으로 꾹꾹 눌러준다
이미 인 사람이 가만히 그 모습을 지켜본다
가로등에 불이 들어온다

늦었군요
등을 스치는 서늘한 밤바람 속에서 벌써와 이미는
헤어지지 못하고 오래 서 있었다

오늘의 우울

공원 벤치에 알뜰하게 구겨놓은 캔맥주와 흐트러진 과자봉지
모래바닥에 쭈그리고 앉아 핸드폰에 열중인 덜 자란 어른들

죽은 새끼를 한 마리씩 물어다 놓던 어미고양이가
지하실 구석에서 이틀째 잠만 잔다

─할머니 식당은 추억을 먹고 엄마 식당은 기억을 먹고
막내제수씨 식당은… 제수씨 얼굴 보러 가는 거지─

흰색 린넨 셔츠 단추 구멍을 비집고 나온 아랫배들의
질퍽하고 거친 농담에 가게 안이 와자하다
주인은 외면을 하고 우리는 서둘러 자리를 뜬다

눈도 못 뜬 새끼들을 줄줄이 놓치고 잠에 빠진 고양이를
우산 끝으로 툭, 건드린다

봄을 맞는 일

처음에는 그들의 것이었는지 모른다.

낮은 산등성이에 양지바른 곳이라, 좋은 곳에 모시려는 마음이 하나둘 자리를 잡기 시작했을 것이다. 봉분이 늘어나는 동안 주변에 건물이 생기고 공원을 만들고 사람들이 살기 시작하자 그들은 무임승차한 승객처럼 자리를 비워야 하는 처지가 되었다. 비석도 표지석도 따로 없으니 이름하여 무연고분묘인 것이다. 주최 측에서는 예고한 기간 안에 이장을 권하는 현수막을 걸고 분묘마다 푯말을 하나씩 꽂아두었다. 1부터 시작된 일련번호가 220번을 넘겼다. 그곳은 곧 산과 강을 가로지르는 모노레일이 설치될 것이라고 했다.

위로의 방식

아내를 잃고 딸들과 여행 온 남자의 이야기가
휴일 아침 티브이 화면을 적신다
그가 찾은 곳은 해발 1330 운탄고도
오래전 석탄을 나르기 위해 만들었던 높고 험난한 길이
근간에는 하늘길이라는 트레킹코스가 되었다
어린 딸들의 손을 잡고 운탄고도를 찾은 젊은 아버지에게
저 길은 많이 아프고 고단했을까 그의 길은 앞으로
야생화 가득한 하늘길이 될 수 있을까 다들
생각에 빠졌는데 정적이 못내 불편했던
우리의 촌장님 위로랍시고 한 말씀
나도 산에 다니면서 동료를 많이 잃었지

우리의 슬픔은 없다 각각의 슬픔만 있을 뿐이다
기쁨은 같은 모양이지만 슬픔은 모두 다른 모양
섣부른 위로는 금물이다
입은 닫고 귀만 열어둘 것
아쉽다면 눈을 마주쳐 줄 것
자주는 말고 아주 가끔씩

짐을 지는 일

봇카는 도보로 짐을 운반하는 사람을 말한다
현재는 일본의 오제 국립공원에서만 볼 수 있다고 하는데
오제 국립공원은 자연보호를 위해 차량이 다닐 수 없어
그들이 공원 안의 산장까지 식자재를 비롯한 생필품을 운반한다
봇카는 80킬로가 넘는 짐을 등에 지고 먼 길을 가기 위해
짐을 차곡차곡 쌓는 일부터 시작한다
그것은 숙련도 요령도 필요하다

카톡 이모티콘 위에 숫자가 쌓인다
시시각각 올라가는 숫자가 또 다른 짐이 되어
내 등을 누른다 좋고 나쁜 소식 또한 모두 내 짐이다

나는 순례를 떠나듯 습지를 천천히 걷는 봇카처럼
짐들을 하나씩 내려놓고 다시 쌓기를 훈련한다
짐을 내려놓는 건 다른 짐을 지게 되는 거
그렇게 천천히 나를 정리한다

말하자면

지난겨울 길고양이가 드나들던 뒷마당 한쪽을 막아 유기견을
들였다
봄이 되자 편하게 지낼 공간을 만들어줄 요량으로
지인에게 전화를 해 강아지가 나가지 못하게
울타리를 만들어 달라고 부탁했다
며칠이 지나 마당에 자재를 내려놓던 인부들이 물었다
고양이가 들어오지 못하게 해 달라구요?

찰떡같이 알아듣지 못해 서운해도
조금씩 달라 홀로 외로워도
우리가 아주 어긋나지만 않으면
그런대로 잘 지내겠다 싶었던 지난밤
꽃이 다 져버렸다는 오랜 친구 문자에
지체 없이 답을 했다
낼 보자

집에 가는 길

몇 번의 횡단보도를 건너고 들어선 낮고 깊은 골목
입구를 막고 선 철거 트럭 뒤 칸에 실린 박스 두 개와
헐겁게 채운 비닐봉투 서너 개
그림자가 바싹 붙어 따라 걷다가
담장을 덮은 능소화에 걸렸다

경작금지 팻말 옆에서 자란 고춧대에
고추가 주렁주렁하고
옹기 뚜껑에 한 줌 소복하게 내놓은 보리쌀과
공연히 옆에 앉아 자리를 지키는 고양이 한 마리
그리고 그 위를 맴도는 참새들

피를 뽑다가

벼와 함께 자라는 피는 처음엔 구별하기가 어렵다
피는 벼보다 자라는 속도가 빠르기 때문에
지속적으로 제거하지 않으면
벼가 제대로 자라지 못한다고 한다

민들레를 뽑아내고
꽃시장에서 사 온 화초를 심는다
속도전하듯 번지는 민들레는
공들여 심은 꽃들 사이에서
그저
피다

선택받는 것
그리고 버려지는 것
얄팍한 마음에 달린 일이다
뽑은 민들레를 한 움큼 들고
혼자 심란해져 벌써 뜨거워진 하늘을 본다
흔들리는 오월이다

生

다리 생김새로 보아 거미의 한 종류지 싶은
절지동물 한 마리가 체육관 바닥을 느릿느릿 기어 간다
무거운 기구들과 운동하는 사람들 발길에
아무래도 치이지 싶어 나름 옮겨주겠다고
종이를 말아 밖으로 유인하는데
요리조리 피하더니 포르르 날다가 다시 앉는다
유사 비행이다
그저 한 뼘 옮겼을 뿐이다

그레고르 잠자의 변신이거나
환생한 먼 조상이거나 살아있으니 살아서 나가길
속 타는 내 마음과 달리 세상 느긋한 저 걸음에
나는 혼자 숨이 차다

하루키를 읽는 밤

모퉁이 집 어르신이 반쯤 붉은 대추를 따서
비닐봉지에 담아 들어가신다
반바지 차림으로 운동을 나오던 청년이
잠시 머뭇거리다가 어둠 속으로 사라진다

거실에 불을 밝히고 자리를 정리하고 앉아
그동안 미뤄두었던 하루키 소설을 읽기로 한다
사십 년 전의 그와 사십 년 후의 그가 만들어낸
과거와 현재 그리고 그 사이에 존재하는
신비한 공간들을 오가며 읽는다
우리는 모두 가슴속에 누군가를 품고 산다고 하지만
불확실한 너 역시 오리무중이다
다 읽지 못하고 책을 덮으며
내 마음 어딘가에 살고 있을 너에게
하루키 식으로 인사를 한다
안녕
다시 보자는 말 대신
안녕

여전하시지요?

©강송숙, 2024

1판 1쇄 인쇄__2024년 06월 10일
1판 1쇄 발행__2024년 06월 20일

지은이__강송숙
펴낸이__양정섭

펴낸곳__예서
　　　등록__제2019-000020호
제작·공급__경진출판
　　　사업장주소__서울특별시 금천구 시흥대로 57길 17(시흥동), 영광빌딩 203호
　　　전화__070-7550-7776　팩스__02-806-7282
　　　네이버 스마트스토어__https://smartstore.naver.com/kyungjinpub/
　　　이메일__mykyungjin@daum.net

값 12,000원
ISBN 979-11-91938-75-3 03810